AF331564

LE POVRTRAICT DES FAVORIS.

EN VERS BVRLESQVES.

M. CD. XLIX.

LE

POVRTRAICT

DES FAVORIS.

En Vers Burlesques.

IE me mocque des Fauoris,
Ce sont de trop lasches esprits,
Dieu me garde de leur fortune,
Elle leur est trop importune,
Et on voit à la fin le temps
Qu'ils ne meurent pas trop contens.
Gauerston vit en Angleterre
Que sa teste tomba par terre,
Sans aller chercher en ailleurs
D'autres qui ne sont pas meilleurs.
Et comme ie suis charitable,
De cét exemple espouuantable
Ie veux tirer vn beau Pourtraict
Qui peut-estre aura son effet,
Car en despeignant cét infame
Ie pourray bien amender l'ame
De Mazarin, & luy donner
Ce beau tableau pour l'estonner.
Il n'est point d'homme qui demeure

Tousiours meschant, & dans vne heure
On void amender vn esprit
Pour vn mot, ou pour vn escrit,
Et lors qu'il n'ait iamais eu l'enuie
De changer en toute sa vie.
Garenston fut de bons parens
Bien Nobles & bien apparens
Et dont la vie honneste & bonne
Les fit aymer dans la Gascongne,
Sans que iamais aucun forfait
Ait taché tout ce qu'ils ont fait.
Son pere en raudant sur la terre
Se vint ranger en Angleterre
Et fut aymé du Roy, si bien
Qu'il luy donna beaucoup de bien,
Pour recompenser les seruices
Qu'il luy fit dans beaucoup d'Offices,
S'exposant à tous les dangers
Dans les guerres des estrangers.
Et mesme ceste main Royale
Fut à Pierre si liberale
Qu'il le nourrit bien doucement,
Et luy fit vn bon traittement,
Le mettant auec son fils mesme
Qui l'affectionne & qui l'ayme.
Edoüard de luy-mesme aussi
N'eut plus que pour luy de soucy,
Et sa nature estant si bonne
Il ayma tant cette personne
Qu'il en voulut estre seruy,
Et ne fit plus rien que par luy.
On eut dit que ce ieune Prince
L'aimoit tout seul dans la Prouince,
Et qu'il n'auoit d'affection

Que

Que pour songer à ce Mignon
Qui abusant de ses carresses,
Ne recharcha que des finesses,
Et n'eut que des meschancetez
Pour assouuir ses vanitez
Par des ruses pernicieuses,
Il eut ses bagues precieuses,
Il eut son argent & son or,
Et n'estant pas content encor,
Il en faisoit de grands eschanges
Auec les nations estranges,
Et par ces sortes de trafics
Il retiroit mille profits.
Le Roy qui voyoit cette chose
Sagement l'affaire dispose
Et l'esloigna bien vistement
Pour vn soudain bannissement
A sa mort de plus il commande
A son fils qu'il ne le remande,
Iugeant qu'il se ruineroit
Quand cet auare reuiendroit.
Et pour l'obliger dauantage,
En luy laissant son heritage
Il l'obligea d'executer
Vn vœu qu'il n'auoit sceu porter.
Et pour en fournir la despense
Il laissa tant de susistence
Que c'estoit assez bonnement
Pour vn tel accomplissement,
L'enchargeant a son fils sur peine
De deuoir encourir sa haine.
Edoüard donc apres la mort
De son pere, eut pourtant si fort
Son mignon dans sa fantaisie,

B

Que son ame en estoit saisie,
Et malgré tout son bon conseil
Il le remit deuant son œil,
Et il luy donna dauantage
L'or & l'argent de son voyage,
Sans auoir soin aucunement
De vœu ny de commandement.
Mesme quand ce vint la iournee
Que sa teste fut couronnée
Il promit aux grands & Seigneurs
Ministres de ces beaux honneurs,
(Mais ce ne fut que par contrainte,
Et par ce qu'il eut de la crainte
Qu'on tardast à le couronner)
Que luy mesme il vouloit donner
Vn Arrest pour leur satisfaire,
Et leur iura de si bien faire
Que Gauerston le quitteroit,
Et bien-tost le renuoyeroit
Et pourtant contre sa parole
Qui comme vn vent passe & s'enuolé
Il luy fit vn si grand honneur,
Que ce sot & ce suborneur
Estant tout remply d'insolence
A cause de sa preseance,
Il fit aux Seigneurs vn affront
Qui leur fit tout rougir le front,
Si bien qu'alors ils conspirerent
Et tous d'vne voix ils iurerent
Que iamais ne seroient contens
Qu'il ne perit dans peu de temps.
Vn iour donc dans vne assemblée
Qui se trouua toute troublée
En voyant que ce fauory

Faiſoit tout le monde marry,
Et tenir toute la couronne
Suiette deſſous ſa perſonne,
Ne ſe faiſant rien que par luy,
Chacun en receut tant d'ennuy,
Qu'à l'heure meſme ils s'indignerent,
Et tous d'vn meſme accord iurerent
Qu'il falloit que tout promptement
Il en receuſt le chaſtiment.
Auſſi eſtoit-il equitable,
Car cet homme ſi deteſtable
Faiſoit mille excez deſſus eux
Et les rendoit comme des gueux,
Enleuant toute la finance,
Pour entretenir ſa bombance.
Il receuoit à toutes mains,
Et par des actes inhumains
Il laiſſoit fouller la iuſtice,
Permettoit de regner au vice,
Retiroit tout de ſon coſté,
Mettant touſiours en ſeureté
Son or que par des milliaces
Il mettoit dans les fortes places,
Ou bien pour touſiours eſcumer
En trafiquoit deſſus la mer.
Ce Gaſcon de plus qui s'oublie
Fut ſurpris de telle follie
Que ſe voyant aymé du Roy
Il mettoit les plus grands ſous ſoy,
N'ayant pourtant point de ſcience,
Print de vertu, point de prudence,
Ou choſe qui puſt obliger
D'obeir à cet eſtranger:
On va donc vers le Roy luy dire

Que s'il veut garder son Empire,
Et tenir son authorité
Dans vne seure liberté,
Qu'il faut que luy-mesme il gouuerne
Desormais ce qui le concerne
Et que tout par luy soit remis
Dans le poinct d'où l'on l'a démis.
Le Roy, l'accorde à la mesme heure,
Et fait assembler sans demeure
Le Parlement pour ce suiet,
qui suiuant tousiours son projet,
Encore vne fois luy propose
D'executer la mesme chose,
Luy disant la derniere fois
Que son peuple estoit aux abbois,
Et que la perte & la misere
Estoit dans toute l'Angleterre
S'il laissoit plus à Gauerston
Le pouuoir sur la Nation;
Le Roy pensant à cette affaire
Se resolut de s'en defaire,
Et de l'enuoyer quelque part
Pour viure tout seul à l'escart.
Mais comme dans sa conscience
Le Roy ne vit plus d'esperance
De le tenir aupres de luy,
A cette heure il eut de l'ennuy,
Et dans le dueil qui le transporte,
Il s'auisa de faire en sorte
De luy rencontrer vn party
Auparauant qu'il fust sorty,
Afin que par vn mariage
Il pust faire son auantage,
Et qu'on ne sceust plus luy parler

Pour

Pour ainſi le faire enaller.
A la fin donc il le marie
Auec la ſœur de Glouernie
Ieune Comte fort & puiſſant,
Dont l'eſprit eſtoit agiſſant,
Et dont vne meilleure attente
Rendit ſon ame meſcontente.
Toutesfois le Roy le voulant
Il n'en fut iamais appellant
Ce fut alors que noſtre drolle
Commença de ioüer ſon roolle,
Et qu'il s'enfla ſi bien le cœur
Par vne ſi grande faueur,
qu'il eut en meſpris la Nobleſſe,
Qu'il ne fit conte de Ducheſſe,
Ny de Marquis, ny de Baron
Tant il faiſoit le fanfaron.
Il prend & pille à toute reſte,
Et iamais ſa main ne s'arreſte
Qu'il n'eut tout pris l'or & l'argent,
Et rendu le Prince indigent.
La Reyne ſe vit elle-meſme
Dedans vne diſette extreme,
Si bien pour en venir à bout
Que chacun s'eſmeut tout d'vn coup,
Et meſme on menaça le Prince
De faire eſleuer la prouince
Et le Royaume tout entier
S'il n'oſtoit ce Gaſcon altier,
Lequel ayant ſceu la nouuelle
Eut vne apprehenſion telle
Que pour eſchapper viſtement
Il eut eſcorte ſeulement,

Et fut conduit iufques en France,
Où n'eſtant pas en affeurance,
Il drilla dans le Pays bas,
Car on auoit mis dans ſon cas
Que s'il reuenoit ſur la terre
Qui deſpendiſt de l'Angleterre
Il feroit en dernier reſſort
Condamné de ſouffrir la mort.
Il fut long temps ſans trouuer place
Pour mettre ſa pauure carcaſſe,
Et ſans pouuoir trouuer vn lieu
Où il ne falluſt dire adieu
Preſque dés la meſme iournée
Qu'il logeoit, tant ſa deſtinée
Luy cauſoit de peine & de mal,
C'eſt pourquoy ce pauure animal
Laſſé d'vne ſi longue courſe,
Qui pouuoit eſpuiſer ſa bourſe,
Se reſolut de reuenir
Quoy qu'il puſt luy en aduenir.
Il tourne donc ſes pas arriere,
Et tenant la meſme carriere,
Il s'en vint retourner le Roy,
Lequel oublieux de ſa foy,
Luy fit vne grande carreſſe,
Le remit auec ſa Princeſſe,
Et le mit aux biens plus auant
Qu'il n'eſtoit pas auparauant.
Chacun alors ſe formaliſe,
On veut luy pillier ſa valiſe,
Et l'on ne peut plus endurer
De ſe voir touſiours eſcurer :
La Reyne la premiere en gronde,

On vit murmurer tout le monde
Et sans attendre plus long-temps
Ils se confessent mal contens;
Le Prince à leur voix qui s'escrie
Se doute de leur fascherie
Et sans les vouloir escouter
Il les laissoit tous contester.
On leue aussi tost des gendarmes,
On crie tout par tout aux armes,
Et les Seigneurs dans vn moment
Font vn iuste soulagement.
Le Roy qui n'a plus de remede
Se resout, puis qu'il faut qu'il cede,
Et pour trouuer quelque salut
Il s'en vint droit à Tynemuth,
Où la Reyne estant desolée
De despit s'en estoit allée
Et ne put iamais l'arrester,
Pour se plaindre & se tormenter.
Il part donc auec son fidelle
Et s'en va dans la Citadelle
De Scardeboug, dont le Chasteau
Par tout estoit entourré d'eau,
Et dont la force estoit si grande,
Que sans force on ne le peut prendre.
Mais n'ayant des soldats alors
Qui peussent garder ses dehors,
Ny des viures qu'à petit nombre,
Il ne seruoit rien que d'vn ombre,
Et le Roy pour mieux s'asseurer
N'y voulut iamais démeurer.
Il se contente pour cette heure.
que son Gauerston y demeure,
Où comme il trouue de raison

Il luy donne vne garnison.
Les Barons qui sceurent sa fuite
Vinrent bien-tost à sa poursuite,
Et trouuant dedans Neuf-Chastel
Le mesnage de son Hostel,
Se saisirent de son bagage,
De ses armes, de son mesnage,
Et le vendirent pour fournir
A la guerre, & l'entretenir,
Et renant auec leur armée
La place aussi-tost fut sommée
Et sans qu'on resistat beaucoup
Ils l'emporterent tout d'vn coup.
Gauerston voyant sa ruine
Ne fit point alors d'autre mine,
Et se rendant il composa
Tout cela qu'on luy proposa.
Seulement il eut cette enuie
Auant que de perdre la vie
De parler vne fois au Roy ;
Sans peine on luy fit cet octroy.
Mais comme on parloit de le faire
Vn homme de tres bon affaire,
D'autorité, sage, & prudent
Remonstra comme cependant
Qu'on s'amusoit à la moustarde
Gauerston n'estoit pas de garde,
Et qu'il pourroit bien arriuer
Que par force on vint l'enleuer,
Et pendant qu'on auoit la prise
Qu'il luy falloit donner sa crise,
Et qu'on deuoit punir son tort
D'vne rude & cruelle mort.
Le voilà doncque enfin ce traistre

Lequel

Lequel sans parler à-son maistre
Est entre les mains d'vn bourreau,
Qui le iette sur le carreau
Et qui luy fait voller la teste,
Profitable & belle conqueste;
Voilà l'histoire d'vn meschant
Que le gain tousiours allechant
Fit trouuer dans vne fortune
Quivrayment n'est pas trop commune,
Mais qui nous fait voir en nos iours,
Des pareils ou de pires tours,
Sur le theatre de la France,
Dans vn homme dont l'ignorance
Et dont les yeux vraiment troublez
Nous ont tous de maux accablez.
Helas ! fortune variable,
Faut-il que pour vn miserable,
Pour enrichir vn insolent
Nostre mal soit si violent,
Que des peuples tousiours souspirent,
Qu'ils ne soufflent, qu'il ne respirent,
Et que tant & tant d'innocens
Ne gaignent rien par leurs accens
De se fascher & de se plaindre,
Faut-il donc ainsi tousiours craindre,
Et ne pas oser seulement
Dire qu'on souffre du tourment.
Mais ie reuiens à mon Histoire
Car ie veux faire voir & croire,
Que Mazarin tient auiourd'huy
Toutes ces qualitez en luy,
Et qu'il n'attend plus autre chose
Que ce que ce recit propose,
Et qu'vne pitoyable mort

D

Doit enfin terminer son sort.
Chacun sçait trop bien sa naissance,
Et comme il n'est point de l'essence
De mon discours de faire voir
De quel pere il la peut auoir,
Ie me contenteray de dire
Qu'asseurement il ne la tire
Que d'vn roturier seulement,
Estant dés le commencement,
En cela tout seul dissemblable
A Gauerston ce miserable,
Luy ressemblant pourtant si bien
Au reste, qu'on n'y change rien.
Il est d'vne terre estrangere,
Sa route n'est que passagere,
Vn Roy l'a tousiours maintenu,
A cette heure il est soustenu
Par vne princesse Regente
qui pour luy se rend indigente,
Il attire tous les tresors,
Il chasse les Princes dehors,
Il fait tout à sa fantaisie,
Il se soule, il se raffasie
De meurtres & de cruautez,
Nos beaux Louys sont emportez,
Et pour monstrer nostre folie
Tout par tout dedans l'Italie
Il n'y a ny place ny lieux
Où cet homme auaricieux
Ne mette nostre argent en rente,
Venise mesmement s'en vante,
Et Rome, la terre & la mer,
C'est là qu'il le fait consommer,
Cependant nostre bourse est vuide.

Par le traficq de ce perfide,
Nous ne pouuons rien posseder,
Tant vn chacun luy veut ceder.
Le Parlement n'est pas son Maistre,
Bien qu'il se soit forcé de l'estre,
Il est plus puissant & plus fort
Que d'Houdencour & que Beaufort,
Il tient l'Oncle du Prince en bride,
Condé veut bien estre son guide,
La Noblesse s'assuietit
La plufpart à son appetit.
Mais ce n'est pas là tout encore,
Cette ame fourbe nous deuore,
Et nous fait des maux plus cuisans
Par la main de ses Partisans,
On viole, on nous assassine,
On suit tout ce qu'on s'imagine
Par la plus grande liberté
Où la guerre ait iamais esté.
Par vne impudente franchise
Le soldat pille dans l'Eglise,
Impudente & lasche action
Que ne fit iamais Gauerston.
Et pour monstrer que sa souplesse
Trouue tousiours quelque finesse
Pour se retirer du danger,
Ou pour ne s'y point engager,
Quand il luy falut faire gille
Et ne plus demeurer en Ville,
Il s'est banry tres-volontiers
De luy-mesme de nos quartiers,
Mais pour se parer de l'outrage
Il nous a desrobé le gage
Le plus precieux & plu. cher

Que iamais nous puiſſions toucher.
Le Roy dans l'Hyuer l'accompagne
Sur les neiges de la campagne,
La Reine s'eſchappe auec luy,
Les Princes faiſant ſon appuy
Quittent leur maiſon ordinaire,
Chacun ſe fait ſon mercenaire,
Et faute d'auoir des laquais
Ils le ſuiuent comme barbets.
A cela que pourroit-on dire,
Quel charme apres luy les attire,
Si ce n'eſt veritablement
Qu'il ſe ſerue d'anchantement
Pour charmer le cœur & la veuë
De cette troupe preuenuë
Qui l'ayme mieux ſuiure au beſoin,
Que d'auoir doucement le foin
Du Royaume & de ſon affaire.
Mais non, ie ne me ſçaurois taire,
Car ſi ce meſchant n'eut ſouſtrait
Noſtre bon Roy comme il fait,
S'il n'eut pas entraiſné la Reyne,
C'eſt vne choſe bien certaine
Que lon euſt des le lendemain
Courru bien viſte à Saint Germain,
Et qu'inueſtiſſant le village
Nous nous fuſſions fait vn paſſage
Pour entrer dedans le Chaſteau
D'où nous l'euſſions iettê dans l'eau.
Car pour moy i'auois bien enuie
Ou pluſtoſt d'y perdre la vie
Et de ne m'y eſpargner pas
Non plus que dans le Pays-bas,
Ou de faire tout mon poſſible

De

De vanger cet affront sensible,
Mais le respect nous empescha,
Plus que l'affront ne nous fascha;
Quant au Roy ce n'est pas Iustice
De rien faire à son preiudice,
Et l'on a tousiours respecté
L'Enfance de sa Majesté.
Nous respectons aussi la Reine
Comme estant nostre Souueraine,
Nous aymons les Princes du Sang,
Pour leur naissance & pour leur rang.
Cela luy fut bien profitable,
Car c'est chose tres-veritable,
Qu'il n'en eut iamais eschappé
Qu'il n'eut esté tout decouppé.
Voilà ce que peut la colere;
Mais venons au point de l'affaire,
N'est-ce pas estre bien hardy
Et trop ioüer a l'estourdy,
De ietter par tout dans les ames,
Les horreurs des feux & des flames,
D'allumer la sedition,
D'y faire entrer la passion,
Faire armer les Bourgs & les Villes,
Commencer des guerres Ciuilles,
Reduire le peuple & l'Estat
Dans vn triste & piteux estat,
N'espargner George ny Guillaume
Pour s'establir dans vn Royaume,
Faire sousleuer vn Paris,
Au milieu des pleurs & des cris,
C'est ce qu'vn voleur, vn corsaire,
C'est tout ce qu'vn banny peut faire.
Mais ce n'est pas encore tout

E

Iamais nous n'en viendrons à bout.
Iamais noſtre propre puiſſance
Ne ſouſtiendra noſtre innocence,
Si ce n'eſt par vn grand haſard,
Et peut-eſtre encore trop tard.
Trop tard, cela ne ſçauroit eſtre,
Car nous auons vn ieune Maiſtre,
Nous auons vn Roy qui nous fait
Eſperer vn meilleur effet.
Sa ieuneſſe nous fait attendre
Vn eſtat qu'on ne peut comprendre
Tant nous eſperons bien de luy.
Que ſi nous ſouffrons auiourd'huy,
Si nous auons de la miſere
par la malice de la guerre,
Il nous ramenera la paix
Qui ne nôus quittera iamais,
Car c'eſt luy qui prendra vangeance
De cette perilleuſe engeance
Des Partiſans & Fauoris,
Et les aura tous à meſpris,
Les chaſſant loin de ſa perſonne,
Les banniſſant de ſa couronne,
Comme eſtant les peſtes des Roys,
Des Cerberes de qui la voix
Ne peut iamais eſtre arreſtée
Que leur faim ne ſoit contentée.
Fauoris regardez icy,
Regardez voſtre raccourcy,
Voyez-bien ces deux perſonnages
Que ie vous deſpeins dans ces pages,
Comme abuſant de leur pouuoir
Ils ont voulu touſiours auoir,
Conſiderez leur inſolence,

quel mal & quelle violence
Ils ont fait au peuple & au Roy,
Ayez en vous mesmes effroy,
Voyez comme on les tient en haine,
Contemplez vn peu quelle peine
Le premier eut pour chaſtiment,
Et croyez bien aſſeurement
Sous le progrez qui ſe preſente,
que l'autre n'en perd que l'attente.

Quod differtur non auffertur.

F I N.

www.ingramcontent.com/pod-product-compliance
Lightning Source LLC
LaVergne TN
LVHW021757030726
842523LV00003B/1067